註東坡先生詩

卷十五

生守吾郡僅七十餘日而所為詩已有此一冊五七韻自不但生其地者想像無家也先生遊法華当在寺中又有青蓮道場四大字頗甚雄偉學士跋之丁酉八月十八日吳興陳焯謹識

琴背酒雲在桃花軾

此刻十七字亦在吾鄉偶憶及之縮臨其意 睽之

光己亥孟夏之江民岳山崧觀

齋適道州何子毅
因出所藏宋搨羣玉堂藏真千文吳居父王逸老
諸墨蹟並宋槧蘇詩同觀束裝倥偬時具此閑逸頓
莊謹識

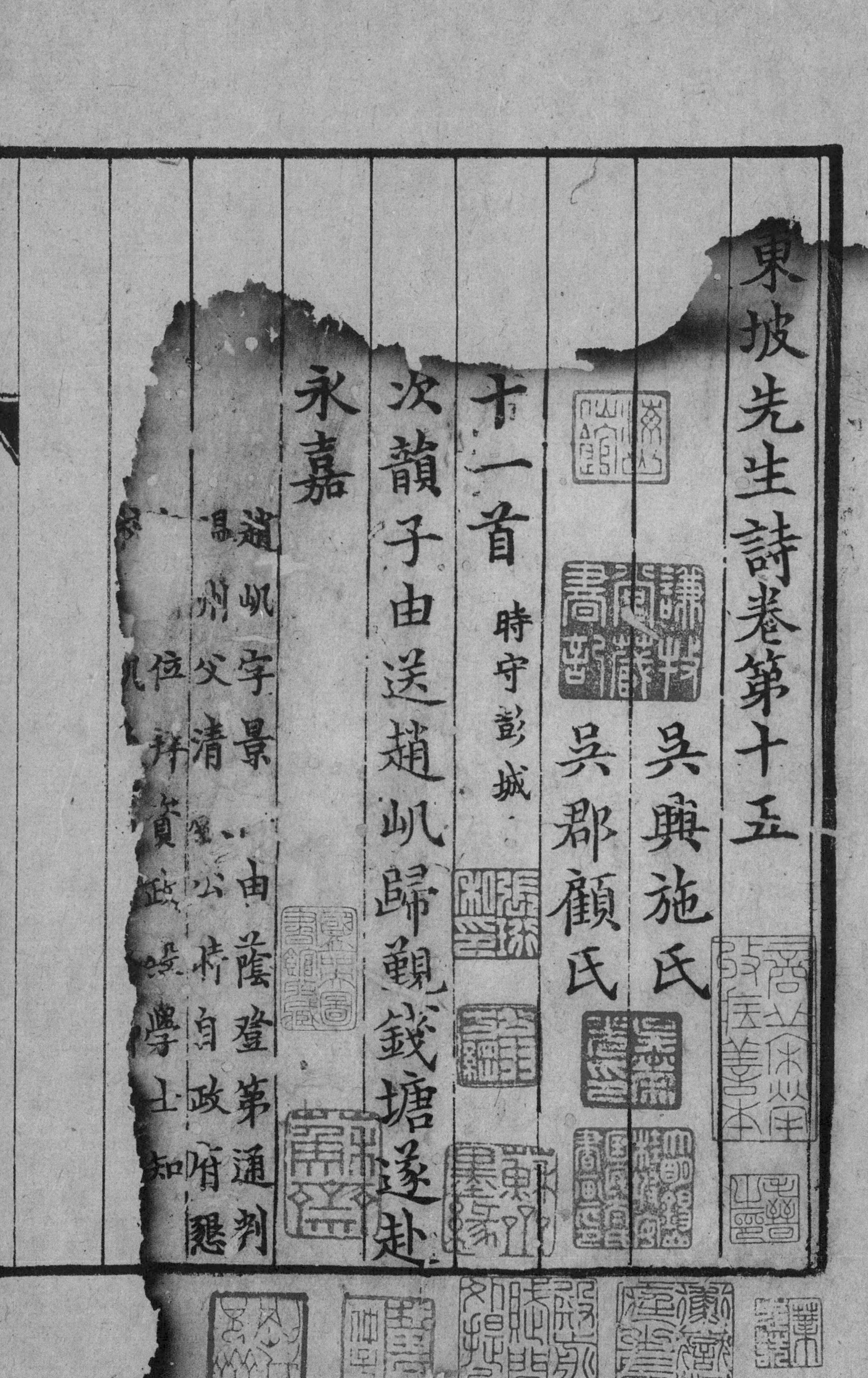

東坡先生詩卷第十五

吳興施氏

吳郡顧氏

十一首 時守彭城

次韻子由送趙屼歸覲錢塘遂赴
永嘉

趙屼字景[illegible]由蔭登第通判
温州父清獻公抃自政府懇
[illegible]位拜資政殿學士知
[illegible]

[illegible]子得[illegible]住[illegible]司馬書詩[illegible]夏把書來

自巳帶鄉公[illegible]雅吳語[illegible]羌遣與詩言從謝康樂

[illegible]靈運傳襲封康樂公世稱謝康[illegible]嘉太守郡有名山水肆意遊遨先

光謝承後漢書王延壽有雋才父逸欲作魯靈光殿賦令延壽往

延壽因韻之以簡其父父曰吾無時蔡邕亦有此作十年不成見延

隱巳擊三千里莊子逍遙游鵬之徙於南冥也水擊

何須四十強禮記四十曰強而仕風流半刺史

晉書蕭儀傳昔庾亮與郭游書別駕舊刺史別乘任居刺史之半安可非其人

清絕校書郎唐百官志校書郎正九品主掌讎校典籍刊正文章

卜詩成集南史王筠每一官成一集尋谿水濺裳杼情

蔚鎮淮南祖送孫處士舟子回蒿坐姑衣濕孫為楊柳枝詞從教水

濕還道雨歸芒鞋隨採藥元微之詩騰騰兀兀悠閒

芒鞋稱野情後漢逸民入鹿明山採藥不反繭紙記流

分四譜王羲之蘭亭序用蠶繭紙鼠筆書晉王羲之傳蘭亭序云清流激

帶左右以為水列其次海詩蛟鼉出山室

美　漢廟　自存

李明[illegible]首[illegible]隨[illegible]他年[illegible]方

傳頌[illegible]亦節[illegible]劍尚佞臣一人傳其聲[illegible]堪作清廬神道碑云爲[illegible]

御史彈奏[illegible]權號鐵面御史

中秋月三首

年月漢司馬遷傳未嘗銜盃酒接殷勤之歡瀲灩古

選木玄虛海瀲淶瀲灩憔悴去年人楚辭劉向九歎

[illegible]性無樂卧病破窻中劉公幹卧病漳濱文選謝靈運齋中讀書

卧疾暇豫徘徊巧相覓李太白月下獨酌詩我歌月徘徊我舞影

亂杜子美詩
錢即相覔
窈窕穿房櫳
詩序哀窈窕
文選王文考
光殿賦璇室㛹娟以窈窕何遼
詩閑閤行人斷房櫳月影斜
月豈知
見歌樓空撫枕三歎息
文選陸機
詩撫撫枕不
扶杖
記一倡而三歎左傳昭公二
吾子置食之間三歎何也
漢賈山傳老羸癃
疾疾杖而往聽之
天風不相哀
史逆
天風
步壺
落瓊宮
韓退之記夢詩
隆樓傑閣磊嵬
風飄
閶使
過文選張平子思玄
分乎
之瓊宮
白
秋

[illegible]何[illegible]什月[illegible]照[illegible]耶

[illegible]發嘪[illegible]喙黃口上出劉[illegible]宜[illegible]文選左太沖吳都賦

流[illegible]喚[illegible]唐文粹何諷 限鯨吼[illegible]角[illegible]招呴以吼

此月五年照離別東坡云中秋有月凡六年矣惟

子此歌君別離曲滿坐為凄咽留都

子由時之官南京南京有留守司故云留都此會豈易

鉛銀百頃湖白樂天詩冰銷湖水銀為面風卷沙汀玉作堆挂

十尋闕白樂天登東樓詩水心如鏡面三更歌吹罷杜牧

詩誰知竹西歌吹是揚州人影亂清樾歸來北堂下

選陸機詩安寢北明月入我牖寒光翻露葉文選謝惠連詩

嘆酒與婦飲念我向兒説豈知裏

盞對梨栗韓退之詩妻孥昰我生悵望渠中不飣畢與梨

河東蕎麥如鋪雪白樂天渭村退居詩蕎麥鋪花

村夜詩麥花如欲知去年時復恐心斷絕

[illegible]兆明吉全詩 丁寧參心斷[illegible]迷到雖 見廿史

行南……尺

月韓公九……入天逈……八門

郎兀……牟扇東坡徐詩……迎子寄

調有餘聲東坡云今日……趙杲卿書猶記余在東武中秋

悠哉四子心共此千里明文選謝希逸月

邁兮音塵闕隔千里兮共明月鮑[illegible]月詩三五二八時千里與君同

月不解老良辰難合幷文選謝靈運擬鄴中詩序天下

辰美景賞心事四者難幷回頭坐上人陶淵明雜詩我行未云遠

頭慘景

聚散如流萍文選謝靈運酬惠連詩聚散成分離杜子美呈賨使君詩相看萬里別同是一浮萍樂天答微之詩與君相遇知何處兩葉

嘗聞此宵月萬里同陰晴東坡云故人史言嘗見海賈云中秋有月則是歲圓賈人常以此候之雖相去萬里昔合相問則魚不同者

天公自著音會郁可

年各[illegible]作今古[illegible]盧諒詩嗟

天要[illegible]日化[illegible]汲涉與天[illegible]光明薄[illegible]玉川子詩念此日月者為天之眼宋之問[illegible]明河可望不可親願得[illegible]槎一問

冷看世間人照我湛然心不起西

如彈丸角尾奕奕蒼龍蟠盧仝詩東方蒼

角插戟尾搖風文選謝惠連蛟皎天河明奕奕星宿爛

今宵注眼

不見更許螢火爭清寒維摩經無以日光等彼螢火

何人艤舟臨古汴史記項籍傳烏江亭長艤船待孟康曰附船著岸也

千燈夜作魚龍變漢西域傳贊曼衍魚龍角抵之戲

曲[illegible]逐浪花漢灌夫傳益知吳壁曲折注云曲折猶言委曲也杜[illegible]丈八溝詩[illegible]花浮

低昂赴節隨歌板東坡云[illegible]旦夜貫[illegible]中[illegible]放水燈杜子美畫鶴詩[illegible]氐昂各有[illegible]文武畢者赴節以投袂[illegible]牧之雲[illegible]

[illegible]詩[illegible]處[illegible]咏[illegible]聲[illegible]古[illegible]書[illegible]騁前山

[illegible]下[illegible]冰

贈詩八郎亭 韓退之集古今隨

氏元衡詩無㒺京日出車還生恍然一夢ヨ臺客盧子

山澶暴卒三日人問其故乃作詩云

臺露氣清坐中唯見許飛瓊乃復

改第二句云天風吹下步虛聲日

到瑤臺有女三百餘人一云是許

飛瓊今改云不欲

世間知有我也

答王輩 輩將見過有詩自謂惡客戲之

王鞏字定國文正公旦之孫
懿敏公素之子張文定公方
平之壻有雋才長於詩從東
坡與□為文東坡下御史獄而
定國亦坐累貶賓州鹽酒稅
凡三年一子死貶所一子死
予家定國亦幾死而無幽憂
憤歎之意東坡稱其詩清平
豐融藹然有治世之音元祐
初司馬溫公當國□天下上
□首者文□二之爲
定□一羸公□

廿一

到臨淮……甲申……營

郭之……又營壘士……幟……府……祐光

……淮一號令之氣色乃益精明郝廷玉

王善御軍不如令者輒斬由是人

勁而卦臨破膽裂古來彭城守未省作惡客

注詩有時逢惡客還家亦云非酒徒即為惡客惡客云是

諱祥符相公孫是大父魏國文正公相真宗於景德祥符間是

家豪逸生有種漢陳勝傳侯王將相寧有種乎千金一擲

頗黎盆李太白寄王明府詩莫惜連船沽美酒千金一擲買春芳杼情詩馬衣妝蘇州暇日會賓僚擲盧馮大勝乃吟日八尺臺盤照面新千金一擲鬬精神韓詩豁呀頗黎盆

連車載酒來文選張平子南都賦騰酒車而汪云以酒也

不飲外酒嫌其村韓退之縣齋書懷詩時

子有千斛酒我有萬株菊杜子美詩撥弄州百斛汉漢岸千

頭折杜子美九日詩人世難年

口菊

共注三其

鄭曰美子丘之不齊命也

毛詩ㄡ冋日樂傳高士傳許由

其山堯召為九州長

聞之洗耳於水濱　彭濊之游樂復

惡何如主人惡

次韻王定國馬上見寄

昨夜霜風入裌衣曉來病骨更支離莊子支離

顯者頤隱於滕白樂天酬渭村李二十

詩真歎學官貧落猶勝村容病支離昧

狂似我人誰顧（白樂天寄微之詩踈狂／屬年少閑散為官卑）坎

軻憐君志未移（杜子美醉時歌德尊一代／常坎軻名垂萬古知何用）

但恨不携桃葉女（古今樂録王獻之二妾／桃葉桃根獻之作桃葉）

（樂天詩／携桃葉）尚能来趂菊花時南臺二謝

繼直恐君詩笑於義熙（宋書七志宋武／帝為公時九月）

（九日出游戲[illegible]臺與百僚賦詩謝瞻／明靈運所作[illegible]時按武帝為公在長）

十[illegible]年之

歌時鳴瑲

繪㓜……諷詩付□書到帝……風……武

芳佳人不能忘文選飲馬長城窟行呼兒烹鯉魚中有尺素書客子中

日樂天詩貧低多悔尤客子中夜歎朝来一樽酒文選沈休

樽范安成詩勿言酒明月難重持晤語聊自慰毛詩彼美淑姬

可以晤語秋蠅已無聲霜蟹初有味當為壯士

飲漢樊噲傳項羽曰壯士賜之卮酒眥裂須磔蝟史記項籍紀樊

噲瞋目視項王頭髮上指目眥盡裂晉書溫傳劉惔常稱□曰溫眼如紫石稜須作

蝟毛磔孫仲謀晉宣王之流也勿作兒女懷坐念蠨蛸畏

毛詩伊威在室蠨蛸在户町疃鹿場熠燿宵行不可畏也伊可懷也爾雅蠨蛸小蜘蛛長脚者俗呼喜子山城亦何有一笑瀉肝胃泛舟

君魚鼈多可議論語疏腥曰膾縱為謂生肉未煑者為

飲未還主人賓史記范睢傳須賈與君為十日之飲東方朔

傳上語賓亦曰私奉臣從官多大吾主負當是時童君兒尊名稱主人嘗飲大

楚……集……夫曰……傳……一公……人……近……賦……取……詩……真

……山……六……惕……國……理

為附……
音……流及……

第……一……丁丈夫……

松……韓退之詩李杜文章在光艷萬文長蕭條歲行暮楚辭屈原遠游章山蕭條而無獸文

選古詩凜凜云暮追此霜雪未明朝出城南遺蹤

觀楚魏國語靈王不顧其民一國棄之如遺蹤焉晉阮籍傳常登廣武觀楚漢戰處

西風迫吹帽韓退之薦士詩霜風破佳菊嘉節迫吹帽金

菊亂如沸孟郊詩金菊亦姓陶毛詩如蜩如螗如沸如羹願君勿

言歸輕別吾所諱魏志陳登傳劉備曰君求田問舍言無可采是

元龍所諱也

次韻答頓起二首

挽袖推胥踏破紳左傳曰或挽之或推之韓退之誰氏子詩白頭老母遮門啼挽斷[illegible]袖留不止舊聞攜手上天門毛詩攜手同歸太山記上有小天門大天門仰視天門如穴中窺天窓相逢應覺聲[illegible]似欲話先驚歲月奔新學已皆從許子

東[illegible]立[illegible]新[illegible]詩耻從新學游孟子陳[illegible][illegible]學[illegible]學焉新学

[illegible]何

韓[illegible]

憂時策 卷

杳葉語々五其後雖子由試舉人西京　人才口全中辶試編排官見

以罷回登嵩山絕頂嘗見其唱酬詩十餘首栢詩中及之

十二東秦比漢京漢高祖紀田肯賀上曰秦形勝之國帶河阻山縣隔千里持戟百萬秦得百二焉地方二千里持戟百萬縣隔千里之外齊得十二焉此東西秦也文選陸士衡齊謳行孟諸吞楚夢百二侔秦京去年古寺共題名東坡云去歲見之於青州早衰怪我還如許後漢左慈傳曹操欲殺之慈走入羊羣屋前隊人立而言曰遽如許苦學憐君

太瘦生本事詩李白嘲杜甫曰試問別來太瘦生摠為從前作詩苦茆屋擬歸田二頃史記蘇秦傳使我有負郭田二頃豈能佩六國相印乎金丹終掃雪千莖韋應物送宮人入道詩金丹擬駐千年貌杜子美遇鄭廣文詩白髮千莖雪丹心一寸灰何人更似蘇司業和遍新詩滿洛城杜子美詩賴有蘇司業時時與酒錢

九日黄樓作

[illegible]千漚發[illegible]

[illegible]雷鳴柳子厚[illegible]

剪花容一呷[illegible]

[illegible]芳阻　助泥中一[illegible]鋪黃樓新成

鋪未乾清河已落霜初殺九域志徐州泗水今呼為清河

左傳定公元年隕霜殺菽朝來白露如細雨南山不見

千尋刹樓前但作海茫茫白樂天有海茫茫詩樓下

空聞櫓鴉軋杜牧之登九華樓詩歸櫂何時聞軋鴉薄寒中

人老可畏楚辭宋玉九辯憯悽增欷兮薄寒之中人熟酒澆腸

氣先壓煙消日出見漁村柳子厚詩煙消日出不見人

遠水鱗鱗山齾齾何遜下方山詩鱗鱗水逆去唐韻獸食之餘曰齾詩人猛士雜龍虎東坡云坐客三十餘人多知名之士唐歐陽詹傳有龍虎榜楚舞吳歌亂鵞鴨漢張良傳上顧戚夫人曰為我楚舞吾為若楚歌李白扶風豪士歌吳歌趙舞香風吹唐李愬攻吳元濟至州城近城有鵞鴨池愬令驚之以溷軍聲一杯相屬君勿詞韓退之贈張功曹詩一不相屬君當飲此景何殊泛清霅湖州圖經霅溪凡四水合

見寄作詩為謝

[illegible]詞黃樓高下[illegible]

[illegible]丈旗史[illegible]秦始皇紀[illegible]殿阿房上可[illegible]坐萬人下[illegible]以建五丈旗

楚山以為城泗水以為池傳僖公四年楚屈完曰楚國方城以為城漢水以為池雖衆無所用之我詩無傑句萬景驕

莫隨白樂天百日衙直詩云貴不自覺身閑景来隨夫子獨何妙

雨雹散雷椎文選張景陽七命云豐隆奮椎注云豐隆雷公也雄

詞雜今古中有屈宋姿屈原楚之同姓也宋玉楚大夫也皆有章句見之楚辭唐杜審言傳嘗曰吾文章當得屈宋作衙官南山多磬

石尚書泗濱浮磬孔安國注云泗水涯石可以為磬清滑如流脂西京雜記文君肌膚柔滑如脂杜牧之秋娘詩京江水清滑生女白如脂朱蠟為摹刻細妙分毫釐佳憂未易識當有来者知

九日次韻王鞏

我醉欲眠君罷休南史陶潛傳造之者有酒輒設潛若先醉便語曰我醉欲眠君可去史孫去傳王曰將醉罷休已敎從事到青[illegible]桓公有主簿善别酒有酒輒令[illegible][illegible]州從事惡者謂平原督郵

東石一百籌白樂天嘗[illegible]詩。家律手在成都

洹郎君閑東閣無言去義山師令狐文公之中令趙公在內廷重陽日義山謁之不見因以詩紀于屏而去云郎君漸貴施行馬東閣無因得重窺

且容老子上南樓晉庾亮傳亮在武昌諸佐吏殷浩之徒乘秋夜往登南樓不覺亮至諸人將起避之亮曰諸君少住老子於此處興復不淺相

逢不用忙歸去明日黃花蝶也愁鄭谷十月菊詩節去蜂愁蝶不知

送頓起

客路相逢難為樂常不足臨行挽衫袖韓退之誰氏子詩挽斷衫袖留不止更賞折殘菊鄭谷十月菊詩曉庭還繞折殘菊佳人亦何念悽斷陽關曲庾信擣衣詩哀怨聲悽斷白樂天詩相逢且莫推辭醉聽唱陽關第四聲酒闌不忍去共接一寸燭南史王僧孺傳竟陵王子良夜集學士刻燭為詩四韻者則刻一寸唐柳公權傳充翰林學士文宗夜召對燭盡而語未盡宮人以蠟淚濡紙繼之君終無窮歸駕不免[illegible]後漢光武紀建駕南轅注云趣一[illegible]岱宗已在眼五經通義太山一[illegible]岱宗言王者[illegible]

門大之門仰閨女從穴中視之窓方扶桑泛[illegible]

日出暘谷浴乎咸池于扶桑是謂晨明回顧望彭城陶淵明雜詩我行未云遠回顧慘風涼大海浮一粟汎人在其下

壓土相逐蹴悖有黃樓詩千古配淇澳毛詩衛淇奧美武公之德也公自注大頓有詩記黃樓本末

送孫勉

昔年嚴東武曾過北海縣九域志密州古跡伏湛墓其志云琅邪東武人高密即東武也又濰州治北海縣白河飜雪浪孟東

野詩寒江浪起千堆雪黄土如烝麪桑麻冠東方一熟天下賤是時累飢饉常苦盜賊變每憷追胥官周禮小司徒之職以比追胥以令貢賦野宿風裂面漢衛青傳大風起沙礫擊面君為淮南秀文采照金殿東坡六君嘗考中進士第一人文選江文通雜體詩列坐金殿側胡為事奔走投筆要弓箭後漢班超傳嘗為官傭書輟業投筆歎曰大丈無它志略猶當效傅介子張騫立功異以取封侯安能久事筆硯間乎杜子美[illegible]引弧將要間士羽箭孛[illegible]星白羽[illegible][illegible]插更被髯再[illegible][illegible]

十畫書親程三斛主史記始皇以衡石書日夜有
不中程不得休息漢東方朔傳武帝既英俊程其器能用之如不及後漢欒巴
傳興立學校程試殿最下石不能衡揚子衡玉而貫石其狙詐乎
欲知君得人先者亦稱善文選傳武仲舞賦觀者稱善曹
子建名都篇觀者咸稱善君才無不可論語無可無不可唐王勃傳張
說論近世文章曰李嶠宋之問之文如良金美玉無施不可要欲經百
鍊文選劉越石贈盧諶詩何意百鍊剛化為繞指柔應劭漢官儀曰金取堅剛百
鍊而不耗吾詩堪咀嚼孟東野懊惱詩好詩更相嫉劍戟生牙關前賢

死已久猶在咀嚼間聊送別酒嚥

李思訓畫長江絕島圖

唐張彥遠名畫記云李思訓宗室也林甫之伯父畫稱一時之妙官至左武衛大將軍其畫山水樹石筆格遒勁湍瀨潺湲雲霞縹緲時睹神仙之事窅然巖嶺之幽時人謂之李將軍也

蒼蒼庾信傷心賦雲蒼蒼而正寒山江茫茫杜子美上詩卷動

若齊謝律斯明月琵琶云

是是風吹山低見山

[illegible]楫[illegible]風辭贊之流芳篇七[illegible]辭中[illegible]人列女傳趙簡子擊[illegible]津吏[illegible]上文

其女代父持楫中流發河激之歌簡子悅納為夫人文選丘希範發漁浦詩棹

歌發中流鳴鞞響沓嶂沙平風軟望不到白樂天東城春意詩

風軟春不動孤山久與船低昂峩峩兩煙鬟韓退

之炭谷湫詩翠玉紆煙鬟曉鏡開新粧舟中賈客莫漫

狂小姑前年嫁彭郎歐陽文忠公歸田錄世俗傳訛惟祠廟之

名尤甚江南有大小孤山而世俗傳孤為姑江側有一石磯謂之澎浪磯遂轉為彭

郎云彭郎小姑壻也余過小孤山廟像乃一婦人而敕額為聖母廟豈止俚俗之謬

哉春明退朝録陳簡夫詩去山稱孤獨字廟塑女郎形過客雖知誤行人但乞靈

次韻荅王肇

我有方外客晉謝奕傳桓溫辟為安西司馬岸幘笑詠無異常日溫曰我方外司馬顏如瓊之英毛詩有女同車顏如舜英十年塵土竈一寸冰雪清碣來從我游文選顏延年秋胡詩碣來空復辭坦率見真情杜子美贈別章使君詩常忘世坦率失自為杯酒顧我無足戀戀此山水清新詩如彈南史王筠傳沈約謂王志弟子文可謂後來

[illegible]京雜記[illegible]錄[illegible]下文選[illegible]示陽[illegible]

今荆南烏[illegible]山[illegible]葉荆州記淥水出豫章康樂縣其間烏程鄉有酒官取水為酒酒極甘美山頭見月出江陰聞鼉鳴莫作孺子歌滄浪濯吾纓孟子有孺子歌曰滄浪之水清子可以濯我纓吾詩自堪唱相子櫂歌聲漢武帝秋風辭注見前篇禮記春不相鄭氏云相謂送杵聲李太白寄王宗目詩緬書羈孤思遠寄棹歌聲

張安道見示近詩

張安道事見第三卷送張安道赴南都留臺詩註

人物一褒謝 明皇雜録李林甫數奏安詳貴妃言其風度上曰妃尚不識張九齡此可言人物矣杜子美四松詩覽物歎褒謝

徵言雖重尋 漢司馬遷傳仲尼沒而微言絶

殷勤永嘉末復聞正始音 晉衛玠傳王敦謂謝鯤曰微言之緒絶而復續不意永嘉之末復聞正始之音

清談未足多 九州春秋荀和清談千雲文選任彦升薦士表勢門上品猶當格以清談

感時意殊深 杜子美觀公孫舞劒歌謡時撫事增惋傷

年有奇志 吳書鄭泉傳學有奇志權傳註

南風琴

爲王[illegible]

亦見浮丘吹笙明月岑列[illegible]王好[illegible]笙作鳳遇浮丘公得仙然語桓良曰告我家七夕待我於緱氏山果乘白鶴而來遺聲

落淮泗蛟鼉為悲吟文選左太沖招隱詩何事待嘯歌灌木自悲吟

顏公正王度祈招繼愔愔烏臺詩話云張方平令王鞏將詩一卷來徐州軾作一詩題卷末云人物一衰謝處詩意殊深軾言晉元帝時衛玠初過江左王敦謂不意永嘉之末復聞正始之音軾意言晉元帝時人物衰謝不意復見張方平之文章才氣以譏諷今時風俗衰薄也意以衛玠比方平故云

感時意殊深言我非獨多商
於清談但感時之人物衰謝微言難繼此
意殊深遠也又云少年有奇志臨文但噫
噫意言軾少年本有志欲和天子薰風之
詩因見學者皆空言無實或雜引老佛異
端之書文字雜亂故以羕於廢沿比朝廷
新法屢有變改事多羕廢致風俗虛浮學
者誕妄如蜩螿之紛亂故遂皆耳不欲論
文也頌公正王度所以繼愔愔據左氏楚
靈王欲求鼎於周求地於諸侯其臣右尹
子革諫王與詩曰祈招之愔愔式昭德音
思我王度式如玉式如金形民之力而
醉飽之心軾云不能以及此難軾欲張
乎勿為些言之當如祭公謀父作祈
詩

錢六

如不勝衣

邊老便便世十一圍後漢邊韶傳日假臥弟子私嘲之曰邊孝先腹便便懶讀書但欲眠吳越春秋子胥身長一丈腰十圍眉間一尺世說庾子嵩長不滿七尺腰帶十圍

躞蹀身輕山上走李太白效古詩歸時落日晩躞蹀浮雲驄人馬本無意飛馳自豪雄

讙呼船重醉中歸杜子美陪王侍御登東山詩三更風起寒浪湧取樂喧呼覺船重

舞罷似雪金釵落白樂天胡旋女歌回雪飄颻轉蓬舞白氏六帖趙飛燕舞旋轉如流風之迴雪摭言杜牧與官妓賭酒因微吟曰微子迴迴裏手拈無因得見

玉纖纖張祜應聲曰但知報道金釵落彷彿還應露指尖談辯如雲王麈揮後漢符融傳幅巾奮袖談辯如雲晉陳盛傳嘗詣殷浩談論對食奮擲麈尾毛落飯中王衍傳每捉玉麈柄與手同色憶在錢塘正如此回頭四十二年非按東坡先生以景祐三年丙子生是年元豐元年戊午年四十有三此云回頭四十二年非亦猶蘧伯玉行年五十而知四十九年非也

次韻張上[illegible]九日

東

坎也韓退之詩天命不再

逍遙一瑒　長悲美之下

塵纓未可濯文選沈休文新安江水詩願以潺湲水沾君纓上塵土

此暇時須痛飲七詩造此暇矣飲此淸矣杜子美醉時歌忘形到爾汝痛飲真吾師他年長劍拄君頤戰國策齊兒謠曰大冠若箕脩劍拄頤李太白答王十二詩嚴陵高揖漢天子何必長劍拄頤事玉階

次韻王罩獨眠

居士身心如槁木楞嚴經若諸衆生愛談名言淸淨自居我於彼

前現居士身而為說法莊子庚桑楚篇身
若槁木之枝而心若死灰若是者禍亦不
至福亦不來旅館孤眠體生粟趙飛燕外傳體溫舒亡軫粟
誰能相思琢白玉盧仝詩白玉璞裏琢出相思心黃金鑛裏鑄出
相思淚服藥千朝當一宿續仙傳彭祖云上士別牀中士異被
服藥百裹不如獨臥人習其術號彭祖經夜天寒日短銀燈續
欲往從之事服軸文選張平子四愁詩我所思兮在桂林欲往
之湘水深周[illegible]宛唯傳負韓莊傳素與其護中馬[illegible]軸前夫

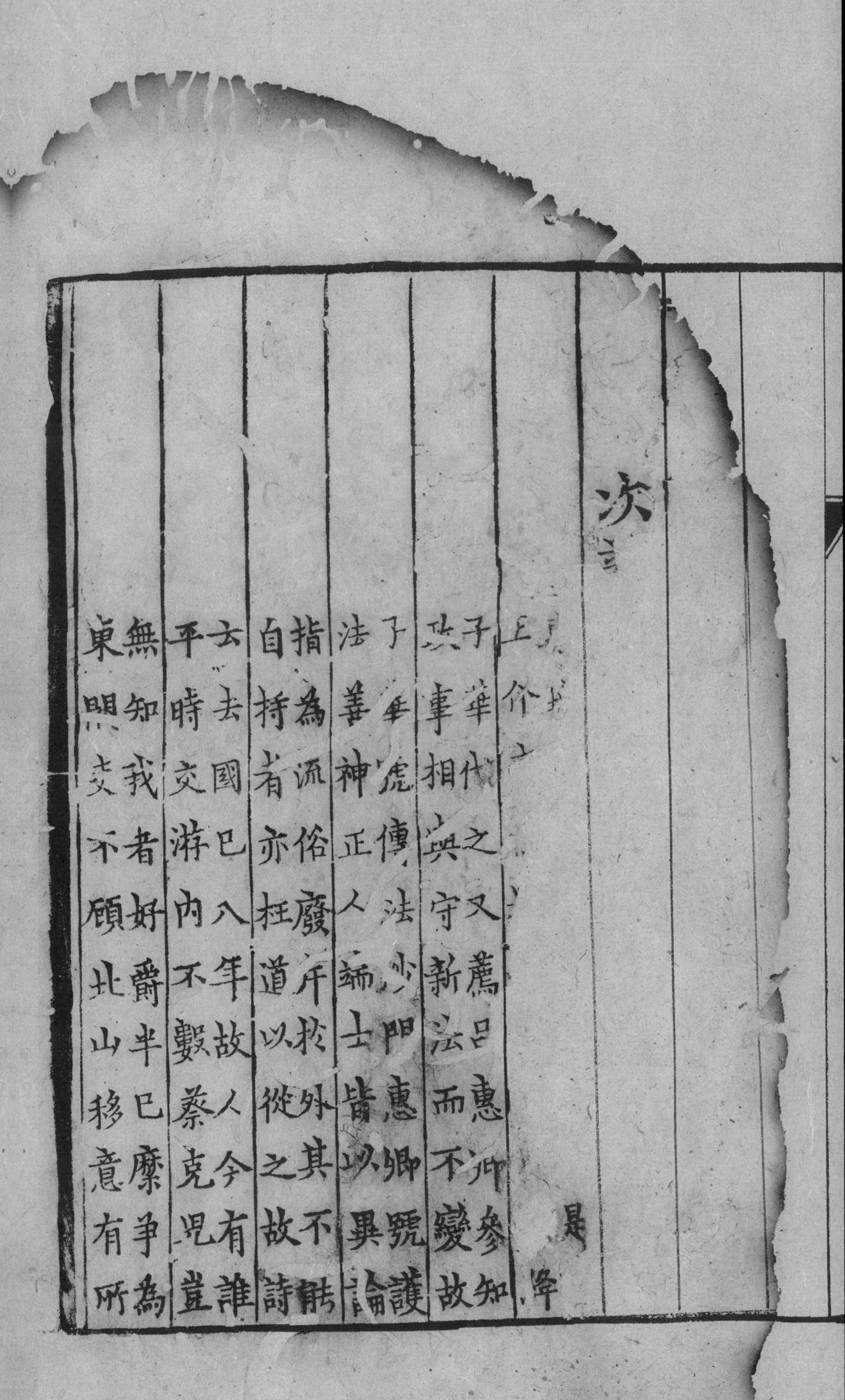

次□

上□介之……是峯

子華代之又薦呂惠卿參知
政事相與守新法而不變故
予華虎傳法沙門惠卿號護
法善神正人端士皆以異論
指為流俗廢斥於外其不能
自持者亦枉道以從之故詩
云去國已八年故人今有誰
平時交游內不數蔡克兒豈
無知我者好爵半已縻爭為
東門吏不顧北山移意有所

指獨歎定國異於它人不肯屈節為用故又云公子表獨
立與世頗異馳也
去國已八年故人今有誰莊子徐無鬼篇越之流人去國
數日見其所知而喜去國旬月見所嘗見於國中者喜及期年也見似人者而喜矣
亦去人滋久思人滋深乎嘗時交游內漢書司馬遷傳為宗族交游光寵
未數蔡克兒晉王導嘗[illegible]徐[illegible]戲嘲[illegible]謨謂人曰[illegible]皐負[illegible]恕
中何曾聞肯[illegible]也[illegible]由
[illegible]讀蔡

五[illegible]造物志詩函　歌　山

世頗異駭矣舜千里上　下文山凶路广思当

也相成此一段奇法帖王羲之帖云吾年

過垂耳順要欲一游目汶

領足下但當保爱以俟此識眉亦可憐無

期得果此緣一段奇事也

柰思餅師本事詩寧王宅左有賣餅妻纖

白明媚王一見屬目厚惠其夫

取之踰歲因問之汝復憶餅師否默然不

對王召餅師使見之其妻注視雙淚垂頰

若不勝情時坐客數人皆當時文士無不

悽異命賦詩右丞王維先成曰莫以今時

龍難忘舊日思看花沾眼淚不共楚王言無人伴客寢惟有支床龜史記龜策傳南方老人用龜支床足行二十歲老人死移床龜尚生龜能行氣導引也君歸與何之文字相娛嬉韓退之贈張十八詩文章自娛嬉持此調張子一笑脫頤張子謂安道也漢匡衡傳匡說詩解人頤如淳曰使人笑不能去也

登石龍山

之上

手

狀[illegible]其言之 先賢行狀

袁裕 于大

次[illegible]僧潛[illegible]作

僧道潛于參寥於潛人能文章尤喜爲詩嘗有句云風蒲獵獵弄輕柔欲立蜻蜓不自由五月臨平山下路藕花無數滿汀洲過東坡於彭城甚愛之以書告文與可謂其詩句清絕與林逋上下而通了道義見之令人蕭然坡守吳興會于松江坡既謫居不遠二千里相從於齊安留朞年

首[illegible]寻中[illegible]

過移汝海同游廬山有次韻
留別詩載二十一卷坡守錢
塘卜智果精舍居之入院分
韻賦詩載二十八卷又作參
寥泉銘坡南遷遂欲轉海訪
之以書力戒勿萌此意自揣
餘生必須相見當路亦捃具
詩語謂有刺譏[illegible]罪反初服
建中靖國初曾開在翰苑
言其非于詔復坡[illegible]蘇黃門
海[illegible][illegible][illegible]褻[illegible][illegible]儲[illegible]
非近[illegible][illegible]曾行[illegible]已

[illegible]飛[illegible]冥 人[illegible]慕焉 峙

本榻積五十餘年一 榻上當膝處皆穿

賦歲崢嶸 而催募 今年偶出為三〻 摩經求法無 懈詐法無

各 欲與慧劍加礱礪 維摩經智慧劍破 煩惱賊揚之有刀者

礱諸有玉者錯諸莊子養生主篇 庖丁十九年而刀刃若新發於硎 雲衲新

磨山水出霜鬚不翦兒童驚公侯欲識不

可得故知倚市無傾城 漢貨殖傳諺曰刺 繡文不如倚市門

此言末業貧者之資也外戚傳李延年歌
曰北方有佳人絕世而獨立一顧傾人城
再顧傾人國秋風吹夢過淮水想見橘柚垂空
庭杜子美禹廟詩荒庭垂橘柚故人各在天一角相望
落落如晨星漢烏孫傳公主歌曰吾家嫁我兮天一方杜子美送高書記
詩各在天一涯又如參與商退之祭姪
老成文一在天之涯劉禹錫
送張盥序朱落
落如曙星相望七八又一
[illegible]野烟邀 上

千幽

𠃨清絲何兩

啼孤煌孟野近思野口淚我一

掇瑤草毛詩采卷[illegible]陵北杜子美贈李白詩亦有梁方相期拾瑤

草傾筐坐歎何時盈毛詩采采卷耳不盈傾筐薄書鞭

扑晝填委文選劉公幹雜詩職事煩填委文墨紛消散煮茗燒

栗宜宵征唐王操詩煮茶燒筍伴僧飡毛詩肅肅宵征乞耵摩

尸照濁水共看落月金盆傾杜子美贈問丘師兄詩唯

有摩尼珠可照濁水源衣
闕接軟語落月如金盆

次韻潛師放魚

法師說法臨泗水無數天花隨麈尾 佛頂心經

觀世音菩薩說此陀羅尼已天雨寶花繽
紛亂下 僧傳梁僧法雲講[illegible]天花散墜

勸將[illegible] 棲西方 華嚴經名[illegible]就[illegible] 果成[illegible] 莫待

夢中時[illegible] 後漢書[illegible]知[illegible]今 孔子[illegible]

[illegible]知

已[illegible]宿[illegible] 之[illegible]交

刺[illegible]孟[illegible]議篇次[illegible]

昔有饋[illegible]於鄭子[illegible]毎[illegible]之池校人之[illegible]故君[illegible]其方[illegible]民以

非其道[illegible]傳襄公十[illegible]年入數[illegible]出杜預曰子美子產也

疲民尚作魚尾赤[illegible]魴魚頳尾鄭氏曰頳赤也君子仕於亂世其顏色瘦病如魚勞則尾赤

數罟未除吾顙泚孟子數罟不入汙池魚鱉不可勝食也又其顙有泚睨而不視公烏臺詩話云元豐元年四月作次韻潛師放魚詩一首云疲民尚作魚尾赤數罟未除吾顙泚左傳云如魚竀尾衡流而方羊裔注云

魚勞則尾赤是時徐州入水之後大役老軾言民之疲病如魚勞而尾赤也數罟謂魚網之細密者以言民既疲病朝廷又行青苗助役不為除放如密網之取魚也以譏朝廷新法不便所以致大水之災也

法師自有衣中珠楞嚴經譬如有人於自衣繫如意珠不自覺知窮露它方乞食馳走忽有智者指視其珠所願從心致大饒富方吾神珠非從外得法華經有人醉中以無[illegible]寶珠繫其衣裏餘同楞嚴

不用苦求天放[illegible]手不[illegible]張華[illegible]覓

明

芳合林　談石

荊鎮彭城

於戲馬臺東

亭臺名曰昃心陳

孔乂沿菁

白鶴莅覩詁徐

山不臯州治之南烏渚旺案甘旱

潦自如記者曰泉上巔下古名陳無巳詩

話乃云看山長公守徐嘗與客登項氏戲

馬臺賦詩云路失玉鈎芳草合林亡白鶴

舒泉清廣陵亦有戲馬臺其下有路號玉

鈎斜唐高宗東封有鶴一隻乃詔諸州為

老氏築宮名白鶴公蓋誤用

而後所取信故不得不辨也

淡游何以娛

庠老

上庠養庶老於下庠

禮記有虞氏養國老於

坐聽郊原琢

磬聲

竹杖芒鞵取次行 元微之詩騰騰兀兀恣閑行竹杖芒鞵擁野清

下臨官道見人情 文選王簡栖頭陁寺碑下臨無地 天寒

蔽粟猶栖畝 文選左太沖魏都賦餘糧栖畝而不收注云豈穀多盈

於田[illegible]之栖宿人不收也 日暮蒼[illegible][illegible][illegible]入城 毛詩日之夕矣

[illegible]華下來 沽酒[illegible]故園 誰似皎公清

僧[illegible]然[illegible] [illegible]顛夫下

致[illegible]邊[illegible]句[illegible]一寸

心禮記如松柏之有心也[illegible]四時[illegible]易葉若著

閭里閈盛衰日駸駸[illegible]風[illegible]驟過詩種木

不種德尚書臯陶邁種德德[illegible]降黎民懷之文選劉孝標辨命論[illegible]叟種德不逮勛華之高聚散如飛禽文選謝靈運醻惠連詩聚散成分離老

時吾不識用意一何深知人得毀士重義

忘千金上谷郡圖經燕太子丹築臺置千金其上以招賢士天下謂之黃金

臺

西園手所開白樂天詩盈曲開池沼無非手自開珎木來

千岑養此霜雪根遅彼鸞鳳吟池塘得流

水龜魚自浮沉幽桂日衣長白花亂青衿

豈獨冩阜太子孫巳成林拱把不知數孟子

拱把之桐梓會當出千丈守株三[illegible]生[illegible]大[illegible]漆壽張冨

苦蒂[illegible]梓漆後漢[illegible]宏傳欲作器物先種[illegible]以歲月皆得其

[illegible]武[illegible]張侯樊氏侯夫[illegible]時張敞[illegible]

居里多識

老題王伯敭諒

數守浮十四卷洪王伯之也觀御史詩

與坡目迢居頗有強附之言味此語亦可見

全

霜葉投空雀啅籬杜子美詩啅雀爭枝墜杜子美曲江陪鄭八歛詩雀啄江頭黃柳花上樓筋力強扶持杜牧之題共樓詩不為尋山試筋力肯能寒上背雲樓又劉夢得詩云筋力上樓知對花把酒未

甘老膏面染須聊自欺 劉夢得詩近来時世輕先輩好染髭鬚事後生 無事亦知君好飲 史記陳軫傳見犀首曰公何好飲也犀首曰無事也 多才終恐世相疑 晉陸機傳張華嘗謂之曰人為文常恨才少子更患多周易我有好爵吾與爾靡之 請看平日銜杯口 漢司馬遷傳未嘗銜杯酒接殷勤之歡晉劉伶傳恭酒德頌[illegible]罌承槽銜杯 [illegible]會有金椎為控頤 外物篇儒以詩[illegible]冢大儒臚傳曰[illegible]作矣[illegible]之何若[illegible]曰未解裙襦口[illegible]徐[illegible]其[illegible]無[illegible]

意欲漢司馬相如傳曰奏大人賦天子說飄飄然有陵雲氣

天地之間意太平廣記袁昂書評云張伯英書如漢武愛道憑虛欲仙底事

秋來不得解空中試與問天劉禹錫和宣上人放榜詩借問至公誰印可支郎天眼定中觀

一尾追風抹萬歸崔豹古今注秦始皇有七名馬一曰追風杜子美遺興詩地用莫如馬無良復誰記此曰千里鳴追風可君意昆侖玄圃

謂朝隮前漢禮樂志天馬歌曰逝昆侖十洲記昆侖山三角北曰閬風西曰

玄圃東曰崑崙宮
毛詩朝隮于西

回看世上無伯樂却道鹽車勝月題

韓退之雜說世有伯樂然後有千里馬千里馬常有而伯樂不常有戰國策楚客謂春申君曰昔騏驥服鹽車上太行遷延負轅而不能進遇伯樂鮮而哭之於是俛而噴仰而鳴聲達於天若出金石漢賈誼傳驥垂兩耳服鹽車兮吳子馬蹄篇加之以衡扼齊之以月題音義云月題馬額上當顱如月形者也

但恐秋毫久已無

孟子明足以察秋毫之
莊子知北遊篇秋豪之

詩不[illegible]閒上氣崢嶸

注 [illegible] 太白大鵬賦 [illegible] 嶸 [illegible] 向[illegible]

大士對以佛佛口之曰維摩詰為諸吾土香國大士禮佛彼言

菩薩說法故遣化來是香積如來以衆香鉢盛滿香飯與化菩薩飯香普熏毗耶離

城與三千大千世界法筵齋鉢[illegible]庾信詠懷詩淒涼多怨情

寒蔬秀甲許餘採落葉空嗟半已荒老楮

忽生黃耳菌故人兼致白芽薑蕭然放著

東南去陶淵明五柳先生傳環堵蕭然杜子美姜七設鱠詩放筯未覺金盤

空

又入春山筍蕨鄉

百步洪 并引

王定國訪余於彭城一日棹小舟與顏長道携盼英卿三子游泗水北上聖女山南下百步洪吹笛飲酒乘月而歸余時以事不得往夜著羽衣佇立黃樓上相視而笑以為李太白死[illegible]三百餘年矣[illegible]國既去[illegible]師放舟洪下追

[illegible]虎[illegible]焉[illegible] 一線爭蹊[illegible]

有如兔走鷹隼[illegible][illegible]鳥 千丈坡斷絃

離柱箭脫手飛電過隙珠翻荷四山眩轉

風掠耳文選班孟堅西都賦目眩轉而意迷但見流沫生千

渦莊子達生篇孔子觀於呂梁縣水三十仞流沫四十里嶮中得樂

雖一快何異水伯夸秋河莊子秋水篇秋水時至百川灌

河涇流之大兩涘渚涯之間不辨牛馬於

是焉河伯欣然自喜以天下之美為盡在

已順流而東行至於北海東面而視不見水端於是焉河伯始旋其面目望洋向若而歎

我生乘化日夜逝

陶淵明歸去來辭聊乘化以歸盡論語子在川上曰逝者如斯夫不捨晝夜

坐覺一念逾新羅

傳燈錄僧問金麟寶貨大師如何是金剛一隻箭師曰過新羅國去又古德云鷂子過新羅

紛紛爭奪醉夢裏

杜子美朋丘師兄詩漢漠世界・驅驅爭奪繁

豈信荊蘇埋銅駝

晉索靖有先識遠量[illegible]天下[illegible]亂指洛陽宮

[illegible]賞[illegible]俯仰千秋

臨水臭袖入衣舟□□酒上東山□□歸

讀師所呵揚子□讀□□天下皆詆封奚其存曰二八讀□□士聖也久矣

瓜呱之子各識其親譊譊之學各習其師華漫經愚人之所貪諸佛所呵

佳人未肯回秋波文選傳武仲舞賦目流睇而横波元微之崔徽歌眼明正似琉璃缾心蕩秋水橫波清

幼輿欲語防飛梭晉謝鯤傳字幼輿鄰家高氏女有美色鯤嘗挑之女投梭折其兩齒

輕舟弄水買一笑漢江都易王傳建使郎二人乘小舟入波中乍見乍没建臨觀大笑

醉中蕩槳肩相磨杜子美城西泛舟詩不有小舟能蕩槳戰國策蘇秦說齊宣王曰臨淄之途車轂擊人肩摩不學長安閭里俠漢游俠傳閭里之俠原涉為魁貂裘夜走臙脂坡京本異聞集書仙哥長安詢坡名臙脂曹家有女名文姬獨將詩句擬鮑謝杜子美遣興詩賦詩何必多往往凌鮑謝涉江共採秋江荷涉江楚辭[illegible]名又招魂[illegible][illegible]蕙[illegible]阿文選古詩涉江採[illegible]蓉[illegible][illegible]章李太白詩

[illegible]口弄[illegible]秋[illegible]

[illegible]

[illegible]妾[illegible]琵琶

字太入[illegible]日詩[illegible]作[illegible]上[illegible]雞[illegible]婦上裡

[illegible]細駝大何捨我乃居[illegible]傻毛群欺臥駝

文選班孟堅西都賦毛羣內闐飛羽上覆不念空齋老病叟退

食誰與同委蛇毛詩委蛇委蛇退食自公時來洪上看

遺迹國語靈王不顧其民一國棄之如遺迹焉恐見殘齒青苔

篆南史謝靈運傳常著木屐上山則去其前齒下山去其後齒孟東野詩定步屐

自深詩成不覺雙淚下悲吟相對惟羊何文選

謝靈運登臨海嶠作題云與從弟惠連見羊何共和之沈約宋書靈運既東還與族弟惠連東海何長瑜潁川荀雍太山羊璿之以文為山澤之游時人謂之四友欲

遣佳人寄錦字晉列女傳竇滔妻蘇氏思滔織錦為廻文旋圖詩以寄李太白久離別歌李有錦字書閉緘使人嗟袍笑手冷無人呵王仁裕開寶遺事李白於便殿草詔時大寒筆凍帝令宮嬪十人各執牙筆呵之令[illegible]遮取書字

送[illegible]

周 大也矣 狀也大[illegible]詩如云

韓退之馬繼祖詩 志肌古玉雪可憐廿 謂警退之論草

書萬事未嘗屏憂愁不平氣一寓筆所騁

頗怪浮屠人視身如丘井維摩經是身如丘井為老所逼

頹然寄淡泊誰與發豪猛細思乃不然真

功非幻影韓退之送高閑上人序張旭善草書喜怒窘窮憂悲愉佚怨恨

思慕酣醉無聊不平有動於心必於草書發之今閑師浮屠氏一死生解外膠是其

為心必泊然無所趣其於世必澹然無所嗜泊與澹相遭頹墮委靡潰敗不可收拾則其於書得無象之然乎吾聞浮屠人善幻多伎能聞如通其術則吾不能知矣

欲令詩語妙無猒空且靜靜故了羣動空故納萬境閱世走人間劉禹錫宿誠師山舍詩視身如傳舍閱世甚東流又送張監詩閱世難重陳觀身臥雲嶺維摩經自觀身實相鹹酸雜衆好柳宗元贖言有嗜中則大感

至味永

隔蝶紙燈可人雲母以古章旦母片污而堂素示

今人宋以飾燈籠□□屏屬之遺事也記廿四清少眠臥韓退

之桃源歌月明伴宿玉堂空骨冷魂清無夢寐長夜默坐數更

鼓耐寒石硯欲生冰詩花劉筠詩淡溪殘末砚冰生研得火

銅餅如過雨白樂天新秋早起詩銅餅水冷齒先知郎君欲

出先自贊文選應休璉與滿公琰書云外嘉郎君蕭下之德南史袁粲傳

出郎君者有厚賞白樂天懶放詩今早天

氣寒郎君應不出漢東方朔傳上置守宮

盂下令諸數家射之不能中朔自贊曰臣請射之坐客斂袵誰敢

侮文選潘安仁秋興賦且斂袵以歸來毛詩或敢侮予明朝阮籍過

阿戎晉王戎傳阮籍嘗適戎父渾俄頃輒去過戎良久然後出謂渾曰共卿言

不如共阿戎談應作羲之羨懷祖晉王羲之傳謂諸子曰吾不減

懷祖而位遇懸邈當由汝等不及坦之故邪王述字懷祖坦之述子也

十月十五日觀月黃樓席上次韻

[illegible]天氣未[illegible]不用紗[illegible]

[illegible]秀[illegible]出[illegible]白[illegible]巴江[illegible]

山謚字源[illegible]下圓澤[illegible]澤上[illegible]州[illegible]回棹[illegible]急[illegible]寺[illegible]已泊

輕舟泛五湖吳越春秋范蠡扁舟出三江入五湖人莫知其所適為問登臨好風景杜子美詩恣臨眺銷憂王維林園即事詩弥傷好風景杜子美江南逢李龜年詩正是江南好風景明年還憶使君無晉桓伊傳使君於此不凡

答王定民

王定民字佐才東萊人侯民弟也終通城縣令嘗著雙誨

編二十四卷

開緘亦笑滿銀鈎毛詩寢廟奕奕晉索靖傳草書之為狀也婉若銀鈎飄若驚鸞法書苑索靖矜其書名曰銀鈎蠆尾書尾題詩詰旦

道八法舊聞宗長史法書苑禁經云八法起於隸字始自崔張鍾王傳授李陽冰云王逸少工書十五年中偏工永字以其八法之勢能通一切字長史張長旭也五言今復擬蘇州白樂天與元微之書近歲韋蘇[illegible]言尤高[illegible]淡自[illegible]今之秉筆[illegible]能及[illegible]筆[illegible]好在留章[illegible]

[illegible]滿[illegible]是

章書章帝[illegible]詔令[illegible]亦作草字之章[illegible]

次韻王廷老退居見寄二首

王廷老字伯敭事見本卷次韻王廷老和張十七九日見寄詩注

浪蘂浮花不辨春韓退之杏花詩浮花浪蘂鎭長有纔開還落瘴霧中歸去方識歲寒人論語歲寒然後知松柏之後凋回頭自笑風波地白樂天勸酒詩人生名利途平地有風波閑眼聊

觀夢幻身 金剛經一切有為法如夢幻泡影 北牖已安陶

令榻 晉陶潛傳高臥北窻之下清風颯至自謂羲皇上人 西風還避

庾公塵 晉王導傳庾亮雖居外鎮而執朝廷之權導內不能平嘗遇西風起舉扇自蔽徐曰元規塵汙人 亮字元規 更搔短髮東南望 杜子美春望詩白頭搔更短渾欲不勝簪 試問今誰裹舊巾

接果移花香補籬 白樂天新居詩移花夾暖室 晉鑱手

妨侍 文選[illegible]明遠[illegible]晉錢川桑壘杜子[illegible]獨遊手齋[illegible]常持小斧

[illegible]鑱

[illegible]纖[illegible]文選[illegible]詩娥紅[illegible]纖

素手撫[illegible]妝之[illegible]轂于典官妓賭 [illegible]吟曰轂[illegible]裏[illegible]帖[illegible]因得見玉

纖纖悵祜宓[illegible]曰但知[illegible]道 金釵落彷彿還應露指尖 右手持杯左

捧頤 晉畢卓傳嘗謂人曰右手持杯左 手持蟹螯拍浮酒船中便足了一生 矣莊子漁父篇左 手據膝右手持頤

次韻顏長道送傅倅

兩見黃花掃落英 楚辭屈原離騷 食秋菊之落英 南山山

寺遍題名宗成不獨依岑范 後漢黨錮傳 汝南太守宗

賓任功曹范滂南陽太守成瑨亦委功曹岑晊二郡謠曰汝南太守范孟博南陽宗資主畫諾南陽太守岑公孝弘農成瑨但坐嘯魯衛終當似弟兄論語魯衛之政兄弟也去歲雲濤浮汴泗劉禹錫武陵觀火詩沾矣雲濤翻與君泥土滿衣纓白樂天贈劉五詩塵土滿衣何處來如今別酒休辭醉試聽雙洪落後聲

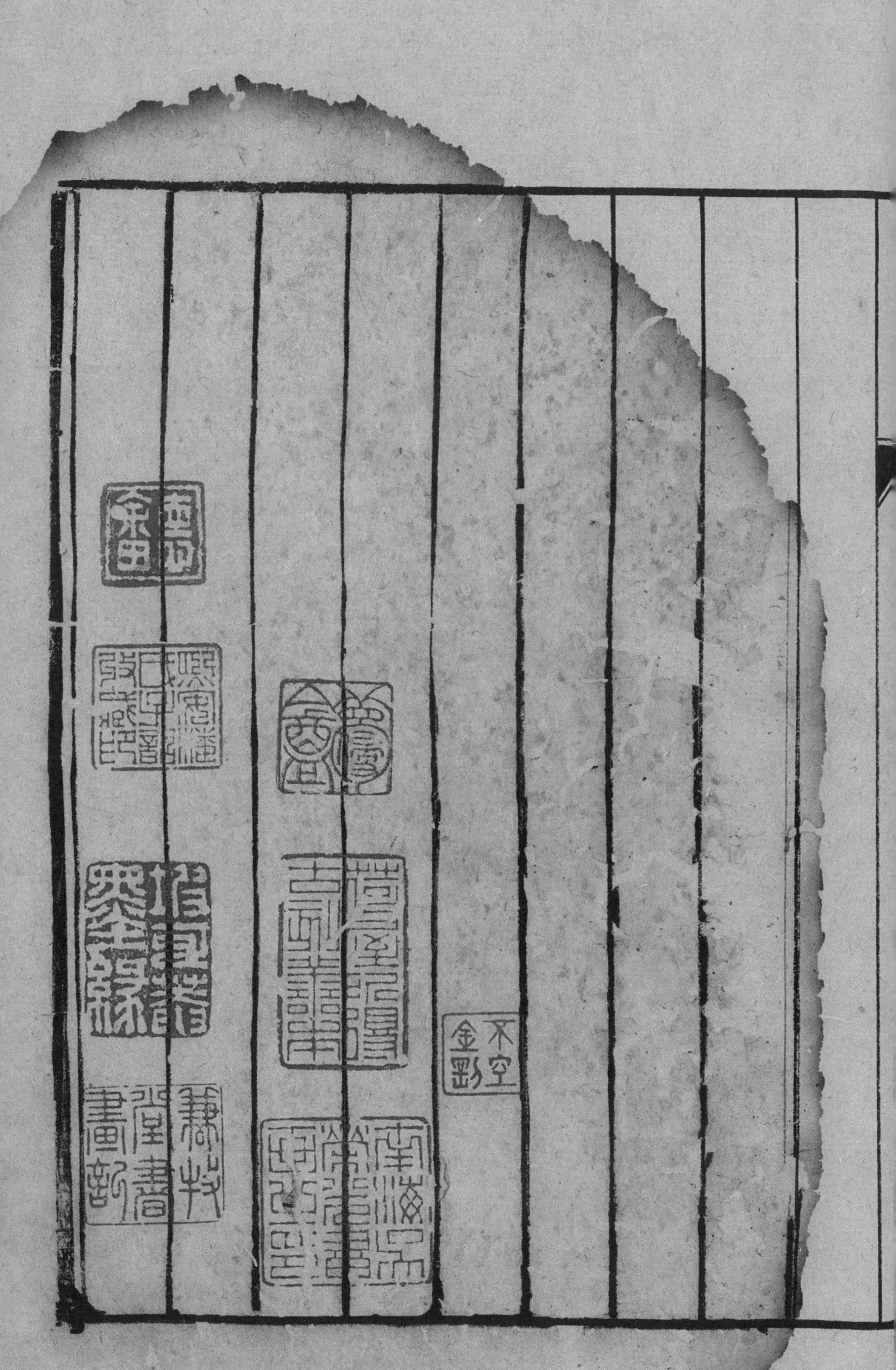